JN198480

父を眺める

もりおかだいち

父を眺める＊目次

父を眺める

たどりつく

読まずに積んだ
本ばかり
骨身に沁みる
この声で

娘の頰から
への字をとって
まだ群青の
棚に閉まった

phenomenon

胸にこぼした
にがい字を引いて
踏む影をあとに
青くすること

そこに短い
門を
落として
敷居に向かう
足にまた
雨が

スカーフ

ひと雨
来そうな
手のなかに
唇に風と
答えた人の

胸中にそっと
小石を投げて
猫の目のように
月を滑った

小景 ii

湯呑を買った
夏の朝
湧き水の溢れる
裏道をとおって
骨董市から
家に帰った

その途中
ひまわり畑の
水の端から
ゆっくりと

神社に
立ち寄る
バスを眺めて

額にふきだす
汗をぬぐった

やさしい人

百遍聞いても
わからない
語彙はさておき
とぼけた舌に
散歩するように
風を乗せ

腕に水あり
障子に目あり
足に寛ぐ
娘あり

ながい雨

i

やわらかさとは
すでに無縁の
夏を通り越していく
歳月に
心の底では
土をつけ
人から借りた
ふんどしを洗う

ii

腕利きと聞けば
ふりかえり
耳も程々に
ことばを磨く
そうして
古き良き日の
手のひらに
青く残した
かげを拾って
道の向こうで
また恥を知る

digging

扇子をひらいて
腕まくり
しばらく
眠って
紐を解く

寝息と
寝入りを
手にとるように
姉は弟に
耳打ちし

しゃべり、ほのかに

そっと歩けば
埃がたつと
涼しい顔して
踵をあげた
住めば都の
土地の匂いに

足を滑らせ
また詩が
逃げた

やさしい人 ii

耳に峠がひらかれて
早起きしては
みたものの
三文足らずに
腕のびる

息子を
呼べば
かぜのうた

多摩センター

i

息を吹くには
柔らかすぎる
動物たちの
散歩を見届け
まちのあかりを
遠くに呼んだ

ii

百鬼夜行も

水面に透けて
古典が首から
伸びてゆく

iii

おとなが思うほど
長くない
この夜が
これからもっと
青くなるように
小さな背丈で
線をひき
みずが黙るのを
じっと見ていた

Chime

冬の窓から
バラが咲き
あの手この手で
匂いを残す
おまえは前座で
はや十年

そこを動くなと
いわれた石の
遠く向こうで
足をくずして
米粒のような
咳をしている

玄関にて

いい眺めだねと
やさしく割った
桜の木で抜く
表札を

もちつもたれつ
火の粉であらい
ひろがる煙を
手につけた

音楽:ii

疾走するより
助走で書き足す
夜間飛行には
まばらな
星を

約めていえば
先ゆく人の
息と息が触れ
寝耳に
水を

Humor

i

隠れた小鉢に
とんちをのせて
適度にあかるく
たたいてこねて
風は煮つめて
やわらかく
膝に落として
歯でとめる

ii

淡さに
沈んでゆく亀を
濡れ手で
つねって
火を運ぶ
無骨も探れば
夜風にあかるく
徹頭徹尾の
尾を切った

父を眺める

ベランダで
すいれん鉢の
汚れを落とし
せっせと水を張る
父の姿を見ていたら
網戸の向こうで
茶が沸いた

苔を生やした
春の装いに
彫りを深めた
静かな
手つきだ

夜話

蕾のような
詩を借りて
月夜に提灯
蚊をはたく

蒸して
浮き彫り
はだけて
窪み
土で
よごした
足をかく

夜に傾き

百もはたくと
とうに色褪せ
謎に水かけて
夜は歌になる
娘も息子も
眠ったままで
羊をあつめる
役も終わった

父とは何か
いまだわからず
足につかの間
火の鳥踏んで
本を積み上げる
指の重みが
神話のように
窓にうつった

塑像 ii

i

鮭の骨から
刃に渡り
塩ですり込む
隠し味
土曜の朝には
皮まで焼いて
湯気から
妻の
声がして

ii

嘴と囀りの
あいだ
寡黙と寡作を
取り違え
羽を伸ばして
みるように
柔よく剛を制してみたい

iii

ぜんざいを

火にかけて
朝の体を
ほぐしたあとに
冬の日差しに
影をかためて
よそゆきの顔で
風につまずく

十三夜

清廉潔白とは
別物の
いなたい
言葉の
見せどころ

ほら
もののあはれなら
遠くにあって
近くで萎めば
雨になる

Long Walk

i

その駅に
これからの人は
待っていた

夏よりさきの
所持金は
もたず
影で割っても
切符は遠い

ii

どこへゆくにも
犬の鼻のよう
僕らは
雲の白さを
失敬し
塔の高さを
見上げてしまう

iii

その旨を
飲み込むために
台風が

きみの
横顔に涼しく
こすれ
帽子は長く
風に揺れてた

小さな会話

静かに見えても
それはさざなみで
西の耳鳴りを
小太刀に分けた

耳から入った
潮風はやがて
水先に意味を
加えてゆれた

月を呼ぶ

うすくのばした
怪談のように
ぽつりぽつりと
春がきて
寝てもさめても
雨から風へ
上着を
すりぬけ

きみは走った
まだ
なま暖かい
夜話のなか
うぐいすの声も
知らない
きみは
そこで待っててと
ぼくを引きとめて
濡れた坂道で
桜を踏んだ

投射 pt2

あなたは私によって絶えず比較されている伝説の一つである。しかもそれは横浜という街の持つ固有の喪失感を、互いがほとんど同時に認めていた頃の典型的な音楽によってもたらされた博識に基づいたものである。私たちは最も適切なかたちで月と太陽の距離について考えることができない。そのことを私たちはできるかぎり正確に順序立てたうえで、かねてから保留されている友人の謙虚さを親しげに会話すべきである。

小景

i

世渡りを
しても
しなくても
冬の人

ii

身の丈に
侘び寂び
いれて
にがい味

iii

閂と
読めずに
十年
塩舐める

iv

これという
佳作をもたず
生きてきた

所作

イヌよりはやく
鬼が来た
招き
魔をぬき
間がぬけて
大小問わずに
海を吸う

だから
入道
雲の逆
百の衣に
四股のあと

棘

帯文に寄せた
嵐のたとえも
女っ気なしの
細い手を破り

あじさいがつけた
青い曲線を
蛇の目でほどいて
紙面に沈めた

あとがき

萩原朔太郎「蛙の死」を幼少期に読んだことが私の詩作の出発点となっています。その後、長い時間をかけて「詩のようなもの」について、手探りしながら生きてきました。この「詩のようなもの」集は、私の多くの恥と失敗と、小さな誇りを積み上げた小声で話したい人生です。

「詩とは何か」と尋ねられても、上手に答えることができません。ただ、「詩のようなもの」を感じるとき、そこにはいつも家族や友人の声がありました。その声を拾い上げ、紙面に落として共に生きること。それが私の生き方です。

今回お世話になった、ふらんす堂の皆様。皆様のお力添えがあったおかげで、私のつぶやきが紙面に収まり、書物としての重みをもちました。仙川という土地まで足を運び、小さいながらも足跡を残せたこと。きっとこの先も忘れません。皆様と一緒に本作りができて本当に嬉しかったです。心より感謝いたします。

略歴

もりおかだいち（本名：盛岡大地）

一九八五年神奈川県生まれ　中央大学経済学部卒業

二〇〇三年から「散歩と日本語ラップ」を人生の主軸として活動

二〇一二年　アルバム『Negative park』（Yamato pierre Record）

二〇一七年　小詩集『百聞』（七月堂）

詩集　父を眺める　ちちをながめる

二〇二五年四月二四日　初版発行

著　者——もりおかだいち
発行人——山岡喜美子
発行所——ふらんす堂
〒182-0002　東京都調布市仙川町一—一五—三八—二F
電　話——〇三（三三二六）九〇六一　FAX　〇三（三三二六）六九一九
ホームページ https://furansudo.com/　E-mail　info@furansudo.com
振　替——〇〇一七〇—一—一八四一七三
装　幀——山根佐保（ream）
印刷所——日本ハイコム㈱
製本所——㈱松岳社
定　価——本体二五〇〇円＋税
ISBN978-4-7814-1731-8　C0092　¥2500E